おばけとなかよし

# ダンダンドンドン かいだんおばけ

角野栄子・作　はたこうしろう・絵

ヒロと　タッちゃんの　おばあちゃんは　いなかに
すんでいます。
ときどき　あそびにきて、おもしろい　おばけの
はなしを　してくれます。

おばあちゃんが　とまりにきた　ひの　まよなかの
ことでした。
もちろん　ヒロも　タッちゃんも　パパも　ママも、
ぐっすり　ねむっていました。
とつぜん　ドンドン　ダンダンって　ものすごい

おとが、かいだんの
ほうで　しました。
みんな　びっくりして
とびおきると、
かいだんの　したに、
おばあちゃんが　まるで
つぶれた　おまんじゅう
みたいに　なって
うずくまっていました。

「おばあちゃん、おばあちゃん」
ママは　なきそうな　こえで、
おばあちゃんを　ゆすりました。
「さ、かたに　つかまって」
パパは　おばあちゃんの
うでの　したに
てを　いれて、
だきあげました。
「おばあちゃん、
でんきも　つけないで、

なんで　二《に》かいに
あがったりしたんですか」
「ごめんなさい。
しんぱいかけて」
　おばあちゃんは　ちいさな
こえで　いいました。
　それから　ちょろっと、
とっても　へんな　ことを
いったのです。
「あの　ウ・ソ・ツ・キ」

ヒロが　がっこうから　かえってくると、
おばあちゃんは　ねていました。
「おいしゃさんに　みてもらったら、どこも　こわれて
いなかったけどね。でも、おしりが　いたくてさ」
「おばあちゃん、ゆうべ　いってた　ウ・ソ・ツ・キって
だれのこと？」
ヒロは　さっそく　きいてみました。
「おや、そんなこと　いったかね。おぼえてないけど……」
おばあちゃんは、なんか　ごまかしているみたいです。

ON OFF

そのよる、ヒロは　タッちゃんが　ねたのを
たしかめると、まくらを　だいて、ぬきあし、さしあし、
おばあちゃんの　へやに　はいっていきました。
「おばあちゃん、いっしょに　ねても　いい？」
「ああ、いいよ。ここに　はいりなさい」
おばあちゃんは　おふとんを　もちあげて、
ヒロを　いれてくれました。
「ねえ、おばあちゃん」
でも　おばあちゃんは、めを　つぶったままです。
「ゆうべ、おばけが　でたんでしょ」

「まさかぁ、うふふふ」
おばあちゃんは、まだ　めを　つぶっています。
なんだか　また　ごまかしているみたいです。
「おばあちゃん　ゆうべ　いったでしょ、
ウ・ソ・ツ・キって。それ　おばけの　ことでしょ。
ねえ、はなして」
ヒロは　ふとんの　なかで、
あしを　ばたばた　させました。
おばあちゃんは　めを　あけて
こまったように　わらいました。

「ヒロに　きかれちゃったんじゃ
しょうがないわ。
ないしょで　おしえてあげる。
ダンダンと　ドンドンの　ことよ」
「なに、それ？」
「かいだんに　すんでる
ふたごの　おばけよ。
おばけだから　すがたは　みえないんだけど、
かいだんが　いつも　ちゃんと　おぎょうぎよく
ならんでいるように　うえと　したで　まもっているの。

でも　このこたちと　きたら、ふたごの　くせに
いつも　いうことが、はんたい。
ダンダンが『いいよ』って　いうと、ドンドンが
『いやだ』って　いうし。
それが　たまーに　ふたりが　そろって『いいよ』って
いうときが　あるのよ。
きのうの　よる、おばあちゃんが、『かいだんを、
おすべりに　してくれないかな』って　たのむとね、
めずらしいことに、ふたりは　こえを
そろえて　いってくれたのよ。

『いいよ、くさ　きも　ねむる
うしみつどき。
おばけの　じかんならね』
それで　おばあちゃんは、
くさ　きも　ねむる
うしみつどきに
かいだんの　うえまで
でかけたって　わけ。

『やくそくよ。おすべり　おねがいしますよ』
おばあちゃんは　かいだんの　うえに　すわって、
おしりを　ぐんと　うごかしたの。そのとたん、
ドンドンが『おれ、やっぱり　いやだ』って　いいだして。
でも　おばあちゃんの　おしりは、もう　とまらない。
かいだんを　ダンダン　ドンドンと　すごい　おとを
させて、したまで　おちちゃったのよ。
いいって　いったのに……、うそつき」
おばあちゃんは　かおを　しかめて、ふとんの
なかで　おしりを　さすりました。

「ヒロちゃん、おばあちゃんの まねを しちゃ だめよ。
それに タッちゃんには、この はなしは ないしょよ。
あぶないからね」

おばあちゃんは めを ぱちんと つぶりました。

つぎのひ、おばあちゃんは つえを ついて、いなかに
かえっていきました。

おばあちゃんは「ないしょよ」って　いったけど、
ヒロは　がまんが　できません。
そっと　かいだんの　うえに　いって、ちいさな　こえで
いいました。
「もし、もし　ダンダンと　ドンドンさーん。
わたしは　ヒロよ。いっしょに　あそぼ？」
でも、かいだんは、いつもの　かいだんの　ままです。
「おばけの　じかんは、くさ　きも　ねむる
うしなんとか……」って、おばあちゃんが　いっていた
ことを　ヒロは　おもいだしました。

ヒロは　としょかんに　でかけていきました。
そして、おにいさんに　ききました。
「くさ　きも　ねむる　うしなんとかっていうの
しらべたいんです」
おにいさんは　あつい　ほんを　もってきて
みせてくれました。
それには、こう　かいてありました。
「『くさ　きも　ねむる　うしみつどき』とは、
くさも　きも、ひとも　みんな　ねむる
ごぜん　二《に》じごろ、のこと」

これが、おばけの　じかんです。
ああ、たいへん、
ヒロは　この　じかんまで
おきて　いられるでしょうか？

ヒロは　がんばっています。
ねむくて、あくびが
もう　十《じゅっ》かいも　でました。
でも、くさ　きも　ねむる
うしみつどきまで、
あと、三《さん》じかんも　あるのです。
ヒロは　そっと　タッちゃんを　みました。
すると、タッちゃんも　めを　ぱっと　あけて、
ヒロを　みました。
「おねえちゃん、どうしたの？　ねむれないの？」

「ちょっと　めが　さめただけよ。
あ〜、ねむたい。
タッちゃんも　はやく　ねなさい」
「ぼくは　ぜんぜん　ねむたくないんだ。
おねえちゃん、おさきに　どうぞ」
タッちゃんは、
にっと　わらいました。
なんだか　へんな　かんじです。
ヒロは　めを　つぶって
ねたふりを　しました。

あっ、しっぱいした！　ねちゃった！
ヒロは　あわてて　めを　さましました。
くらい　なか　じっと　みると、はとどけいの
はりは　一《いち》じはんの　ところに　あります。
（あー、よかった、二《に》じまで、あと　三十《さんじゅっ》ぷんだ。
がんばろう）
となりの　タッちゃんは　ねたようです。
シーンと　しています。

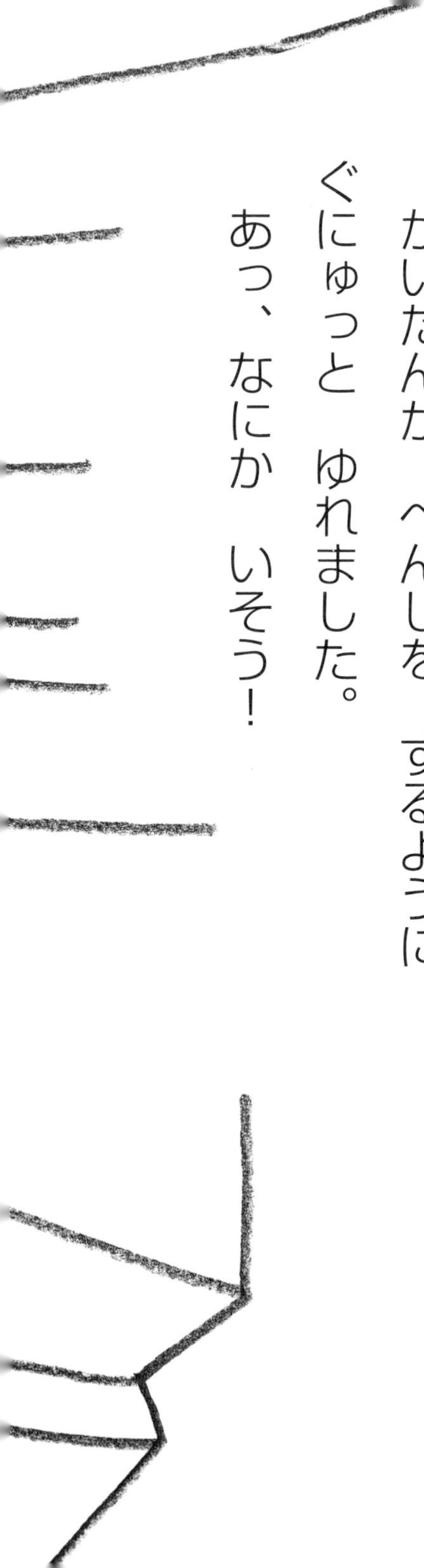

やっと　二《に》じに　なりました。
ヒロは　そっと　そっと　かいだんを　のぼりながら、
ちいさな　こえで　よびました。
「もし、もし、ダンダンさん。もし、もし、ドンドンさん」
く〜〜う。
かいだんが　へんじを　するように
ぐにゅっと　ゆれました。
あっ、なにか　いそう！

「ねえ、あたし　ヒロよ。この　うちの　こよ。
なかよくしてね」
ヒロは　のりだして　いいました。
「いいよ。おれは　ダンダン、ま、よろしく」
すぐ　あしもとで　こえが　します。
「やだよ。おれはね、ドンドン、ま、よろしく～～ない」
こんどは　したから　きこえてきました。
あっ、おばあちゃんの　いったとおり、
はんたいの　こと　いってる。
ヒロは　わらいたくなりました。

「ねえ、おすべりに　なって、おねがい」
「おーい、ドンドン　このこが
おすべりさせてくれって、
どうする？」
「いやだね」
かいだんの　したの　ほうから、
ドンドンの　こえが　します。
「でも、かわいい　こだよ」と　ダンダン。
「いやだね。おんなのこは
おしゃべりだから」

「わたし、おしゃべりじゃないもん。
ねえ、いいでしょ、ドンドンさん」
ヒロは　のりだして　いいました。
「いやだって　いったら、いやだね」
ドンドンの　とがった　こえが　きこえてきました。
ヒロは　くらい　なかを、めを　こらして、みつめました。
あっ、みえます。うすーく　すきとおって　みえます。
おばけが、かいだんの　うえと　したで、
ねそべっています。
めが　ぱっちりとした、かわいい　おばけです。

ふたりとも　そっくり。
でも、したの　ドンドンの
くちは、いじわるっぽく
すこし　とんがっています。
けんかしたときの
タッちゃんの　くちみたいです。

「ねえ、かいだんは
なんだん　あるの」
ヒロは　ききました。
「じぶんの　いえの
かいだんだっていうのに、
しらないのか。十四《じゅうよん》だんだよ」
ダンダンが　いいました。
「いや、ちがうね。十五《じゅうご》だんだ」
ドンドンが　いいました。
「どっちが　ほんとなの？」

「ためしてみれば」

「じゃ、あたし、かぞえてみるわ」

　ヒロは、うえから　おりていきました。

「一《いち》だん、二《に》だん、三《さん》だん、四《よん》だん、五《ご》だん……十四《じゅうよん》だん」

「ほら、おれの　いったとおりだろ」

「じゃ、ヒロちゃん、こんどは　のぼってみてよ」

　ドンドンが　いいました。

　そこで　ヒロは　のぼりはじめました。

「一《いち》だん、二《に》だん、三《さん》だん、四《よん》だん、五《ご》だん……十五《じゅうご》だん」

　あら　ふしぎ。

「ふたごだけど、おれの　ほうが、一《いち》だん　としうえなんだ」

ドンドンが　いばって　いいました。

「ちがうよー」

とつぜん、タッちゃんの　こえが

とんできました。

「ドンドンたら、ずるしたよ。ぼく、みたよ。

ごろんと　ころがって、一《いち》だん　ふやしてる」

「タッちゃん！　おきてたの？」

ヒロは　びっくりです。

「ほら、おんなのこは　おしゃべりなんだ」

ドンドンが　いいました。
「おねえちゃんも、ずる。ぼくに　ないしょにした。
だから　ぼくも　ねたふりしてたんだ、ぶう」
タッちゃんの　くちが　とんがりました。
「おい、タッちゃん、
ずるって　いうなら
きみも　かぞえてみろよ」
ドンドンが　いいました。
「ああ、いいよ」
タッちゃんは　のぼっていきました。

「一《いち》だん、二《に》だん、三《さん》だん……十二《じゅうに》だん、
あれ、これで　おわり？」
タッちゃんは　あたまを
かしげながら、こんどは
おりはじめました。
「一《いち》だん、二《に》だん、三《さん》だん……十《じゅう》だん。
あれ、十《じゅう》だんで　おわりだ。
やっぱり　ずるしてる」
「ほんとは　なんだん　なのよう」
ヒロは　おこって　いいました。

「ダンダンも　ドンドンも、かずが　わからないんだね」

タッちゃんは　ふんと　わらいました。

「しつれいな。かずなら　わかる」

ダンダンと　ドンドンが　こえを　そろえて　いいました。

「じゃ、一《いち》から　かぞえてみて」

ヒロが　いいました。

「一《いち》、五《ご》、三《さん》、八《はち》、十二《じゅうに》、四《よん》、七《なな》」

ダンダンの　こえ。

「ちがう、ちがうよう、ダンダン。

一《いち》、三《さん》、八《はち》、二百三《にひゃくさん》、百《ひゃく》……だよ」

ドンドンの　こえです。
「へんな　かず」
ヒロと　タッちゃんは
わらいだしました。
「ばかにするな、おばけの
かずは、おばけなんだ」
　ふたりは　いばっています。
「かずは、一《いち》、二《に》、だけじゃ
ないんだから。
もっと　おもしろいの、あるんだぞ」

「じゃ、どんなの？　おしえて」

「**ねこ、ふん、じゃっ、た**」

　ダンダンが　いいました。

　すると、ドンドンが
いいました。

「ちがう、ねこじゃないよ。

**いぬ、ふん、じゃっ、た**　だもん」

　また、いっしょじゃありません。

「そんなの　かずじゃないよ」

　タッちゃんが　いいました。

「へんてこすぎるよ」
ヒロが　いいました。

「じゃ、ためして　ごらんよ」
ダンダンと　ドンドンが　いいました。
ヒロと　タッちゃんが　かぞえはじめると、
かいだんが　ぴょこぴょこ　ぴょこぴょこ
たかく　なったり、ひくく　なったりして、
うたいだしました。

**「ねこ　ふん　じゃっ　たった。**
**いぬ　ふん　じゃっ　たった」**

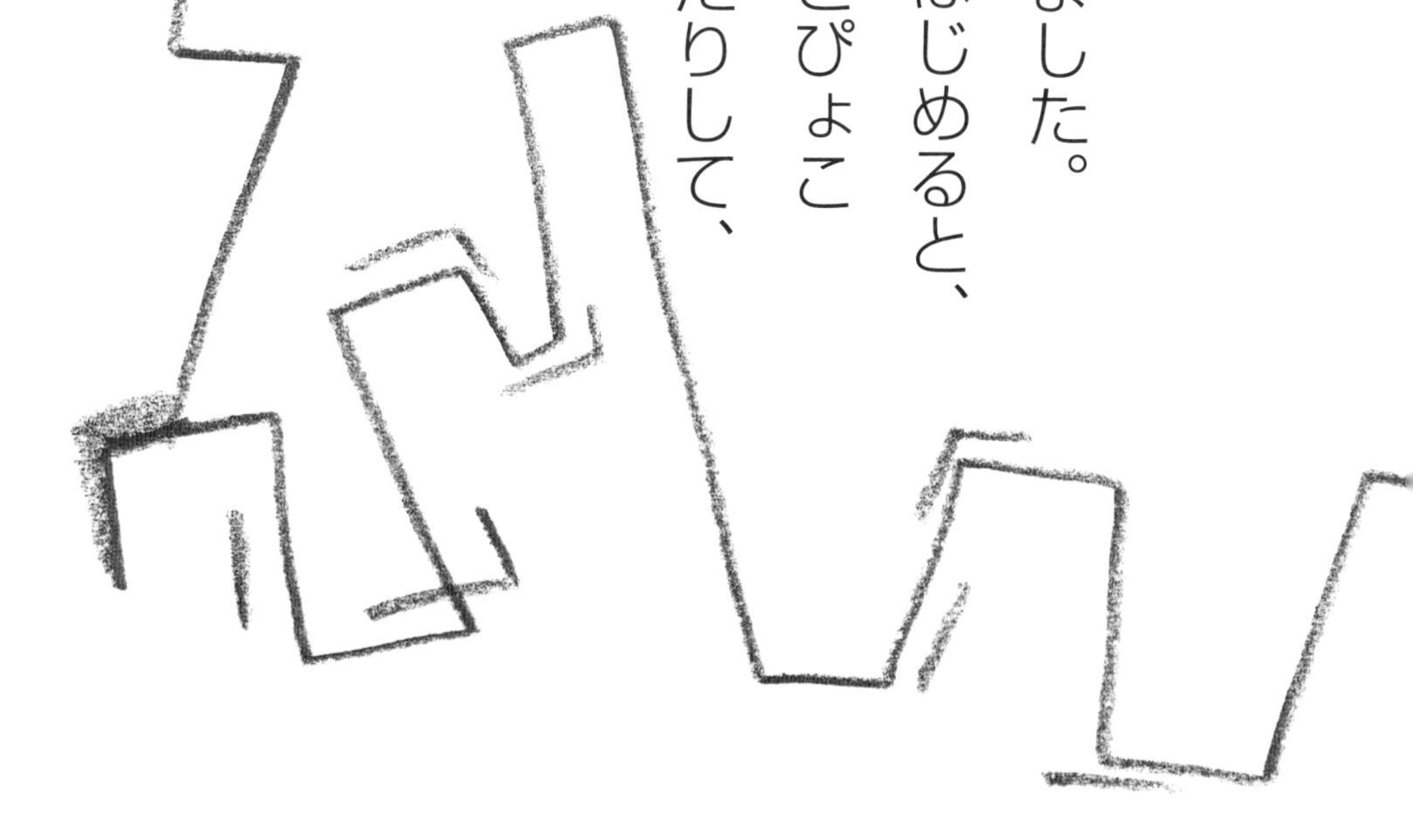

ヒロと　タッちゃんは　おおよろこび。
ダンダンと　ドンドンも
くくっと　わらいながら、
からだを　ゆらしました。
ヒロは　おもいきって　いいました。
「おねがい。おすべりに　なって」
「いいよ。ともだちに　なったからね」
ダンダンが　いいました。すると、
「やだね」
また　ドンドンは　はんたいです。

「なんでも　いうこと　きくから」
「ほんとか?」
　ドンドンが　おおきな
こえで　いいました。
「やくそくするわ」
「じゃ、おれたちにも
おすべりを　すべらせてよ」
「えー、おすべりが
おすべり　すべるの?」
　タッちゃんが　のけぞりました。

「だって、おすべりに　なったことは　あるけど、
おすべりを　すべったこと　ないんだもの」
「ああ、そうか」
ヒロも　タッちゃんも　その　きもちは
よく　わかりました。
「うん、わかった。やくそくするわ」
「じゃ、やくそく　せいりつ。
おすべりに　なってあげよう」
ダンダンは　かいだんの　うえを、
ドンドンは　かいだんの　したを

ぎゅーっと　ひっぱりました。
たちまち、ながーい
おすべりが　できあがりました。

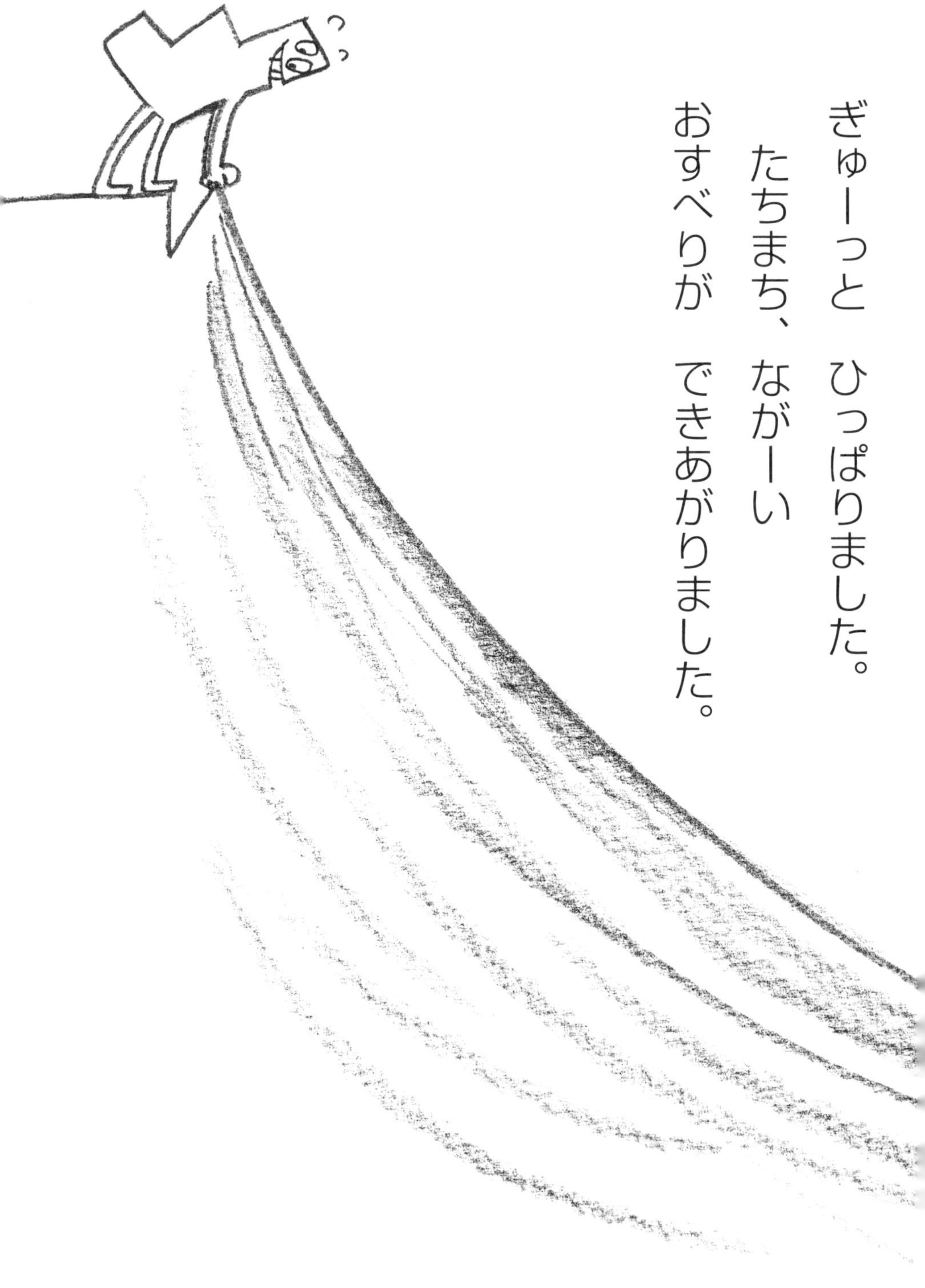

ヒロと　タッちゃんは
おおよろこびで　すべります。
すー　すー　すーい
すごく　はやく　すべります。
ながーい　ながーい　おすべりです。

でも　いくら　ながくても、
おすべりだから、おわりが　あります。

「ああ、おもしろかった。

じゃ、もういっかい」

ヒロと　タッちゃんが　いいました。

「もう、うえに　いく　かいだんは　ないよ」

「すべりたいなら、おすべりを　のぼるんだね」

ヒロと　タッちゃんは
おすべりの　うえを　みあげました。

「え〜〜、あそこまで　のぼるの―」

ヒロは　いいました。
もう　つかれて、ねむくて
とても　のぼれません。

「でもさ、もういっかい　すべりたいよ」
タッちゃんが　おおきな　あくびを　しながら
いいました。
「じゃあ、のぼってみよう」
ヒロの　めも、とろんと　しています。
ヒロと　タッちゃんは、
おすべりを　のぼりはじめました。
でも、のぼって、つるりん、
のぼって、つるりん……。

とうとう、ふたりは　ダウン。
かいだんの　したで、ねむってしまいました。

つぎのひ、　ヒロは　ダンダンの　てを　ひいて、
タッちゃんは　ドンドンと　うでを　くんで、
こうえんに　いきました。
　そこで　ダンダンと　ドンドンは、
なんかいも　なんかいも　おすべりを　すべりました。
　おおよろこびです。
「ぼくたちは　いっかいだけだったのに」
　タッちゃんは　ちょっと　ふまんです。
「でも、　わたしたちの　すべった　おすべりは　ただの
おすべりじゃないわ。　ダンダンと　ドンドンの

かいだんおすべりよ」
ヒロは　いいました。

ヒロと　タッちゃんの
いえの　かいだんには、
それからも　ずっと
ダンダンと　ドンドンが　すんでいます。

　うしみつどきまで、
ヒロと　タッちゃんが
おきていられたら、
おすべりに　なってくれます。

それでも、
ときどき　とちゅうで
きが　かわることもあります。
そうなると、
ダンダン、ドンドンと
おしりを　はずませて、
おちていくことに　なるのです。
その　いたいこと！
その　おもしろいこと。

おばあちゃんが　きたとき、ダンダンと　ドンドンは
かならず　おすべりに　へんしんしてくれます。
「おばあちゃんには　スペシャル　サービスさ。
このあいだ、わるいこと　しちゃったからね」って、
ダンダンと　ドンドンは　いうのです。

作者

角野栄子《かどのえいこ》

東京生まれ。作家。ブラジルでの体験をもとにした『ルイジンニョ少年、ブラジルをたずねて』（ポプラ社）でデビュー。その後、童話を書き始める。『わたしのママはしずかさん』（偕成社）、『ズボン船長さんの話』（福音館書店）、『大どろぼうブラブラ氏』（講談社）、『アッチ・コッチ・ソッチ 小さなおばけシリーズ』（ポプラ社）など作品多数。また、『魔女の宅急便』（福音館書店）で野間児童文芸賞、小学館文学賞、JBBY オナーリスト文学作品賞を、国際アンデルセン賞・作家賞を受賞するなど受賞多数。

画家

はた こうしろう

兵庫県西宮生まれ。絵本作家、イラストレーター。ブックデザインも数多く手がける。絵本に『ゆらゆらばしのうえで』（福音館書店）、『なつのいちにち』（偕成社）、『ちいさくなったパパ』（小峰書店）など。さし絵に『ほらふき男爵どこまでも』（偕成社）、『うそつきの天才』「パーシーシリーズ」（小峰書店）などがある。

おばけとなかよし

**ダンダン ドンドン かいだんおばけ**

2011年9月 7日 第1刷発行
2023年3月10日 第4刷発行

作者／角野栄子
画家／はたこうしろう
ブックデザイン／木下容美子
発行者／小峰広一郎
発行所／株式会社小峰書店
〒162-0066 東京都新宿区市谷台町4-15
TEL 03-3357-3521 FAX 03-3357-1027 https://www.komineshoten.co.jp/
印刷所／株式会社三秀舎
製本所／株式会社松岳社

ISBN978-4-338-25702-2 NDC913 63P 22cm